マヤコフスキー

これについて

小笠原豊樹　訳

土　曜　社

マヤコフスキー
小笠原豊樹　訳

これについて

土曜社刊

Владимир Маяковский

Про это

Published with the support of
the Institute for Literary Translation, Russia

ИНСТИТУТ ПЕРЕВОДА

AD VERBUM

挿　画

A・ロトチェンコによるフォトモンタージュ（1923年，モスクワ，国立マヤコフスキー博物館蔵）

これについて

これについてとは何についてか

この主題《テーマ》、個人的で、くだらない主題《テーマ》、
再三再四、歌い直されたこの主題《テーマ》のなかで、
ぼくは詩の栗鼠《りす》に化けて回転したが、
ここでもう一度、回転しようと思う。
この主題《テーマ》は今や仏陀のお経の文句、
黒人の刀《ナイフ》を支配者の体で研いでいる。

火星に一人でも生きものがいるならば、
そやつも今頃おなじことを騒いでるのか。
この主題《テーマ》、来れば片輪の男の肘をつかみ、
原稿用紙に押しつけて「引搔け！」と命令。
片輪めギャアと叫んで原稿から跳びのき、
あとは唄が日向にチカチカまぶしいばかり。
また裏口の呼鈴を押して訪れるこの主題《テーマ》が、
くるりと背を向け、茸《きのこ》の傘みたいに姿を消すと、
さすがの大男もその瞬間ばったり倒れて、
白黒まだらの恋文を身にまとい墓に入る。
この主題《テーマ》、来れば忽ちお指図だ、「真理！」と。
この主題《テーマ》、来れば忽ちお吩附《いいつ》けだ、「美！」と。
これじゃあ手頸を横木に釘づけされようと、
十字架でワルツの一節《ひとふし》も唸りたくなりますよ。
この主題《テーマ》、アルファベットはざっと一撫で、
（ほんとに本など何の足しになる！）

Aのかたちにカズベクの峯よりなお聳える。
人心を乱し、パンや夢からひきはなす。
この主題《テーマ》、いつまで経ってもほころびず、
「今より以後はわれを見よ！」とは埒もない。
これを見る者は必ず旗持ちとなり、
まっかな絹の焔を、地に旗とひるがえす。
こいつはずるい主題《テーマ》！　事件の下にもぐりこみ、
本能の抜け道に待伏せして、
「ゆめ忘るなよ！」と立腹をよそおい、
ぼくらをゆすぶって、まんまと魂を抜きとる。
この主題《テーマ》、ぼくにはほんとに腹を立て、
「日々の轡《くつわ》を用意せよ！」とのきついお達し。
顔しかめてぼくの毎日をのぞきこみ、
人や仕事を雨あられと降らせたのだ。
この主題《テーマ》、ほかの主題《テーマ》をぐいぐい押しのけ、
ただひとり、もっぱら一人で寄り添った。

この主題《テーマ》、やけにしつこく迫ってきた。
誰だいハンマーで叩くのは！　心臓からこめかみにかけて。
また昼の光をかげらせ、そのくらやみに
ひたいの行《ぎょう》で分けて入れと命じもしたが。
この主題《テーマ》の名は、……！

1　レディング監獄のバラード

立っていた、思い出す。
このきらめきがあったのだ。
こいつは
あの頃
ネヴァ河という名前だった。
マヤコフスキー『人間』より

一つのバラードと他のバラード

バラードの調べはふるくさい、
けれどもことばが病気なら、

ことばが病気を語るなら、
バラードの調べも若返る。

ルビャンスキー通り。

ヴォドピヤンヌイ小路。

これが全景。

これが背景。

ベッドに彼女。彼女は寝ている。

彼。机の上に電話。

「彼」と「彼女」がぼくのバラードだ。あんまり新しくない。恐ろしいのは、「彼」がぼくであり、「彼女」がぼくの恋人であること。

なぜ監獄なのさ？　クリスマス。らんちき騒ぎ。

家の小窓に格子はないよ！

うるさい、だまれ。これが監獄なんだ。

机。机の上に細い藁一本。

ケーブルに番号が発信された

さわった途端、体に水腫ができた。受話器が手から落ちる。電話器の商標、二本の光る矢印が、稲妻のように電話を照らした。隣りの部屋。そこから寝呆けた声がきこえる。「いま何時？　この生きてる豚の仔、どっから連れてきたのさ」

もう火傷《やけど》のベルが鳴っている。まっしろに白熱した受話器。彼女が病気！　彼女が寝ている！　走れ！　はやく！　時間だ！　肉の煙をあげて、ぼくは焼けてるやつを摑む。瞬間、全身を走る稲妻。百万ヴォルトの電圧を握りしめた。灼熱の電話口にくちびるを突っこんだ。建物に穴をうがち、畑のようにミャスニーツカヤ街を掘っくりかえし、ケーブルをひきちぎり、電話番号は弾《たま》のように交換嬢めがけて飛んだ。

交換嬢の目はねむたそう。クリスマス・イヴは二倍も忙しい。また赤ランプがついた。ベルの音！　ランプが消える。と突然、誰かがランプをいたずらしたように、全電話網がバラバラにやぶれた。

「6710番！　つないでください！」あの小路へ！　はやく！　ヴォドピヤンヌイ小路のしずけさへ！　おそいな！　ぐずぐずしてると電気に何が起こるか知れやしないぜ。このクリスマス・イヴに、電話局もろとも空中に吹っ飛ぶぜ。

ミャスニーツカヤ街の或る古老。この事件のあと百年も生きて、ちっちゃなこどもに話してきかせた（この話ばかり百年も！）

「土曜日だった……日曜の前の晩……安いハムを……買おうと思って……誰かに急になぐられた！……地震さ足が熱くて……地面ぐらぐら……」

場所も事件も、こどもたちは本気にしない。地震？　冬に？　郵便局の前で？　ウソだあい！

電話が跳びかかる

奇蹟のように細紐を通りぬけ、受話器の口を押しひろげ、ベルの音で静けさを砕きながら、電話が騒音の熔岩を流した。この甲高い声をあげるやつ、この鳴りひびくやつは、壁に喰いこみ、壁を爆破しようとする。数千のちっぽけな音が、とんぼがえりをうって、壁から椅子の下へ、ベッドの下へ転げこんだ。でっかい音は天井から床へ、どすんと落ちた。それから、まるで音のボールみたいに、床で弾みをつけて天井に跳びあがり、こなごなの音になって落ちてくる。ガラスというガラス、暖炉の自在蓋まで、電話と声を合せて鳴り出した。電話のやつ小さな手で、この部屋を玩具のガラガラみたいに振りまわし、音の洪水に沈めたんだ。

女介添人

起きたばかりで、よく見えない。点のような目が、熱っぽい頬を刺す。料理女はのろのろと起きあがり、歩いてくる。呻ったり、つばを吐いたり。まるでリンゴの漬物だ。

「どなたを？　そちらはマヤコフスキーさん？　あ！」スリッパをぱたぱた、歩き出す。

歩いて行く。介添人のように歩数をかぞえている。足音が遠ざかる……かすかに……全世界はどこかへ遠ざけられ、ただ未知のみが電話器でぼくを狙っている。

世界が明るくなる

あらゆる会議の報告者たちが凍りつき、やりかけの身ぶりを終えられない。そのまま、口をぽかんとあけて、こっちを、数々のクリスマスを眺めている。かれらにはこの人生が隅から隅まで見えるのだ。かれらの家は、一つに固まった日常の泥。おのれの姿を見るように、ぼくを鏡に見たてて、致命的な恋の果し合いを待っているのだ。

サイレンの音が石化した。車の音や人の足音、そのざわめきがピタリと止まった。あとは決闘の野原だけ、それに医者の「時」。すべてを癒す死の、果しなく長い繃帯をもって。モスクワ――モスクワの彼方の野原は沈黙した。海――海の彼方には整然たる山々。全世界は双眼鏡のなかに収まった。大きな双眼鏡を（さかさまに）のぞいたときのように。地平線はまっすぐ身を起こした。紐一本。細引のようにピンと張ってある。一方の端は、ぼくの部屋にいるぼく、きみはきみの部屋にいる、それがもう一方の端。中間は、買い立ての新品みたいに威張りくさって、全世界に寝そべった、見たこともないミャスニーツカヤ街だ。象牙のミニアチュール。あかるい。おそろしく透き通ったあかるさの拷問。精巧な研磨細工のようなミャスニーツカヤ街、その細部は一本のケーブルだ、ほそいほそい。えい、ただの糸じゃあないか！　しかもその細い糸一本に、何もかもが懸っている。

決　闘

一つ！　受話器をかまえた。希望をすてろ。二つ！　ぴたり受話器がとまった。哀願に包まれたぼくの二つの目の、ちょうどまんなかで。どなってやろうか、悠然とかまえたあの女に。「何をためら

6710
Родченко. 23.

っているのです。ダンテスもどきにやってください。はやく、ケーブル越しに穴をあけてください。どんな毒をふくむ弾《たま》、どんな重さの弾ででも」。

弾よりおそろしいもの、料理女があくびまじりに投げ出したそいつが、ウワバミの腹に呑みこまれたウサギのように、ケーブルづたいに這ってくる。あれだ。**ことば**がやってくるんだ。ことばよりおそろしいもの、むかしむかしの大昔、人が牙を使って雌《めす》をわがものとしていた頃、その穴居時代から、電線をつたって這ってきたのは、嫉妬にガリガリ音たてるその時代の怪物だ。だが、もしかしたら……いや、確かにちがう！　電話を這ってきた奴なんていやしない、穴居民族なんぞいるものか。ぼくだ、電話のなかにいるのは。電線にてめえの顔が映ってるのだ。なんなら全露中央執行委員会の回状に書いたっていい！　ウソだと思うなら、エルフルト綱領に照らし合わせてみな！　初めての悲しみをくぐりぬけ、無意味なそいつ、猛り立つそいつが、重税にひしがれた顔をかかえ、ゴソゴソやってくるんだ、一匹のけだものが。

人間にはいろんなことが起こる

みごとな光景だ。みなさん！　考えてみてもくださいな！　去年の夏、巡業でパリに行ってきた男、詩人にして「イズヴェスチヤ」紙のれっきとした記者、そいつが編上靴からはみ出た爪で、椅子を引っ掻いています。きのうまでは人間、きょうは牙の一振りで、おのれの姿を熊に変えました！　毛むくじゃら。毛みたいに垂れ下がったシャツ。やっつけるか？　電話をどやすか？　家に帰んな！　氷の海にさ！

熊になる

心《しん》から怒ったときの熊のように、ぼくは電話に、敵に胸を差し出す。心臓はずぶり、熊狩の槍につらぬかれた！　流れる。まっかな銅の河。呻きと血。くらやみよ、舐めちゃってくれ！　熊が泣くかどうかは知らないが、泣くとすればこんなふうだろう。そう、こんなふうだろう、ウソっぱちの同情ぬきで、谷川ほどの涙を流してメソメソ泣くんだ。そう、ちょうどこんなふうに、お隣りの熊みたいなバリシンさんも、メソメソに起こされると、壁の向うで叱言をいうんだ。そう、熊にはこれだけしかできない。身動きもせずに、誰かみたいに鼻面をもたげ、泣きわめき、飽きるまで泣きわめき、穴に帰って寝るんだ。二十の爪で寝床をひっかきながら。

木の葉が落ちた、雪崩《なだれ》か。ぼくは不安になる。松かさが小銃みたいに音を立てて、一度に落ちたのか。木の葉だって熊になるほか術《て》はないんだ。目をふちどる毛と涙を通りぬけて。

流れる部屋

ベッド。鉄の骨組。ぼろの毛布。それが骨組の上にのっている。静かだ。ぐったりと。震えがきた。鉄の骨組を走る。寝台のシーツにピチャリとはねかえる。水の冷たさが足を舐める。どこから水がきたんだ。なぜこんなに沢山？　自分で泣いたくせに。泣虫やあい。ウソだい、こんなに沢山泣けるものか。いやな風呂！　長椅子のかげに水。机の下にも、戸棚のうしろにも。長椅子の下から、水に押されて、トランクが窓へ流れてゆく。暖炉……タバコの吸殻……ぼくがさっき捨てたやつだ。もみ消しに行く。真赤に怒る。こわい。どこへ？　こんな暖炉がどこへ行く。一里。一里先に焚火の燃える河岸。何もかも洗い流された。いつも台所から匂う、甘ったるいキャベツの匂いさえ。

河だ。つづく河岸。誰もいない！　ラドガ湖から追いかけてくる風の音！

河だ。大河だ。寒い。河がさざ波を立てる。ぼくは流れのまんなかにいる。白熊になって氷の塊によじのぼり、氷の枕に乗っかって流れてゆく。

河岸が走る、景色が移る。ぼくの足の下は氷の枕。ラドガ湖から吹く風。水が走る。飛ぶように走る枕の筏。

流れてゆく。ぼくは氷の枕の上で熱を出す。水にも洗い流されなかった一つの考え。それは、ぼくがやがてベッドの下、いや、或る橋の下をくぐらねばならんということだ。そう、あのときもこうだった。風とぼく。この河だ！……これじゃない。べつの河だ。ちがう、べつの河じゃない！　あのとき、ぼくは立っていた。そして、きらめいた。今こそぼくは思い出す。

あたまのなかの考えが、ぐんぐん大きくなった。もう手に負えない。ひっかえせ！　水が筏を放してくれない。見えてきた、見えてきた……はっきり見えてきた……もう逃げられない……あいつが来る！　あそこにいる、あいつが!!

七年前の男

波が鋼鉄の橋台を洗っている。微動だにせぬ恐ろしい橋は、ぼくが必死になって創った首都の横っ腹にもたれかかり、百階立の橋脚をふんまえて、立っている。空気の締木で空をふちどりし、鋼鉄のまぼろしのように水中からあらわれたその橋。ぼくは目をあげる、高く、高く……いた！　いた。橋の欄干にもたれて……

　ゆるしてくれ、ネヴァ河！　ゆるさない、追いかけてくる。あわれんでくれ！　狂った流れはあわれまない。あの男！　あの男、燃え上る大空を背景に、ぼくが縛りつけたまま、立っているあの男。

　立っている。ざんばら髪をふりみだして。ぼくは耳をおさえる。駄目だ、おさえても！　きこえる、ぼくの声、紛れもないぼくの声。声のナイフがぼくの両手に穴をあける。紛れもないぼくの声、それが訴える、それがとりすがる。

「ヴラジーミル！　止まれ！　行かないでくれ！　お前なぜあのとき、おれに身投げをさせなかった！　あの橋脚で心臓を、力いっぱい砕かせなかった！　七年、おれは立ちつづけ、この流れを見つめている、詩の大綱で欄干に縛りつけられて。七年間、この河の水はおれから目をそらさない。いつなんだ、一体いつなんだ、解放の時は？　お前、やつらの派閥に身を売ったのか。キスし、ものを食らい、腹を突き出しているのか。やつらの世相に、やつらの家庭の幸福に、自分からおめおめ潜りこむつもりか。逃げても無駄だ……」

手を下にのばした。おそろしい顔で、橋の下の断崖にむかって、わめき立てる。

「逃げても駄目だぞ！　相手はおれだ。見つけてやる。追いつめてやる。くるしめてやる。責め殺してやる！　街はクリスマス。その騒ぎがきこえる。勝手にしやがれ！　やつらに、ここへ来いと言え。執行委員会の決議をもってこい。おれのくるしみを没収してみろ、無効にしてみろ。このネヴァ河の深みに沿って、救い主の愛がおれに現れぬ限り、お前も永遠にさまようがいい。お前は誰にも愛されない。漕げ！　溺れろ、石づくりの建物に囲まれて！」

助けて！

とまれ、枕！　むだな努力。ぼくは手で漕ぐ。わるい櫂。橋がちぢまる。ネヴァ河の流れ、矢のようにぼくを運ぶ。もう遠くへ来た。たぶん一日経った。橋に立つぼくの亡霊から一日離れた。だが、奴の声のとどろきは、うしろから追いすがる。おそろしい追跡に帆が

41

やぶれた。「ネヴァ河のきらめきを忘れるつもりか！　ネヴァを見変える？　代りはいないぞ！　死ぬまで忘れるなよ、『人間』のなかの水の音」。

ぼくは喚《おめ》きだした。あの声を負かす気か。嵐の低音が相手じゃ勝目はない。

助けて！　助けて！　助けて！　助けて！　あそこ、ネヴァ河の、橋の上に、男がひとり！

2　クリスマス・イヴ

幻想的現実

河岸が走る、景色が移る。ぼくの足の下は氷の枕。ラドガ湖から吹く風に縮れた波頭。飛ぶように走る氷の筏。

助けて！　ぼくはことばの狼煙《のろし》をあげる。筏の揺れに倒される。河が終った。海がぐんぐん大きくなる。腹が立つほどでっかいわだつみ。助けて！　助けて！……ぼくは百回叫ぶ、砲台みたいに。足元の四角が大きくなる。枕の島が大きくなる。消えてゆく、消えてゆく、消えてゆく、風の音。しずかに、しずかに、しずかに……海なんかどこにもない。ぼくは雪の上。

あたりは渺々たる陸地。雪でぐしょ濡れの陸たあ何だ。吹雪の一味に、ぼくは置き去りにされたのか。ここはどこだ。どこの国だ。

グリーンランドか、ラプランドか、愛《リュブ》ランドか。

痛み

ぬっと雲から顔を出した月のメロン。よく熟れたメロンが、影のなかの柵を、くっきりと浮き立たせた。

ペトロフ公園。ぼくは走る。うしろはホドゥインの原。行手はシーツのようにひろがったトヴェルスカヤ街。

おおおい！　「い」の声はサドヴァヤ街までとどいた。途端にずぶり、車の轅《ながえ》みたいに、雪のなかへ顔がめりこんだ。弾《たま》のように浴せかけられる悪態のことば。「新経済政策《ネツプ》に目がくらんだのかよ！　目はどこについてるんだ！　しっかりしな！　てめえのおっかあ、新経済政策《ネツプ》とひっつけ！　ふざけた仮装しやがって！」

ああ！　忘れていた、ぼくは熊だった。誤解ですよ、それは！　行き来の人に弁解しなきゃ。ぼくは熊じゃあない、ただ熊みたいになっただけなんだって。

救い主

おや、町はずれから、小さな人が歩いてくる。一足ごとに大きくなる。そのあたまに月が後光をかぶせた。すぐボートに乗ってください、そう言ってやろうか。

あれは救い主！　キリストそっくり。月の冠をかぶっておだやかで、ひとがよさそう。近づいてきた。若々しい顔に鬚がない。キリストなもんか。もっと優しい。もっと若い。近よると、コムソモールになった。帽子もオーバーもつけていない。ゲートルと詰襟。祈るように手を組むかと思えば、演説みたいに荒々しく振りまわす。

雪は綿。綿の上を行く少年。綿は黄金《こがね》色。なんて月並な装置だ！　しかし、この悲しみはどうしたわけだろう。眺めていると、悲しみにじわじわ傷つけられるよう。おなじみの恋唄に、体がふくれていくよう。

恋唄

夕焼けめざして脇目もふらず、こどもが歩いて行ったとさ。
この上ないほど夕焼けは、黄色く燃えていたんだとさ。
トヴェルスカヤの町外れ、雪さえなんだか黄色くて、
それに気づかず脇目もふらず、こどもが歩いて行ったとさ。
それから
ふいに
たちどまり
やわらかい手に
ピストル
握り、
倒れたこどもの体の上に、そっとつもった雪のきものを、
脇目もふらずいつまでも、夕焼けが見ていたんだとさ。
雪はパリパリこどもの骨を、一本一本折ったとさ。

なぜさ？　どうして？　だれのせい？

風は泥棒、こどもの服を探った。

風が見つけたのはこどもの書置。

風はペトロフ公園の鐘を鳴らし始めた。

「さよなら……ぼくは死にます……責めないで……」

しかたがない

どこまでぼくに似てやがる！　ぞっとする。しかしやむを得ない！　ぼくは血だまりに近づく。血だらけの上衣をとって、身につけはじめる。なんてえことだ、きみ！　あの男はもっと辛いんだぜ。七年も橋に立って、この有様を眺めてる男さ。無理してボタンをかける。サイズが合わない。血の汚れが落ちない。歯がカチカチ鳴る。大きな手、大きな顔から、長い毛をそりおとす。氷の塊をのぞきこむ……光のカミソリ……あれ、さっきとほとんど変らぬ顔。

ぼくは走る。脳味噌が住所をひらひらさせる。最初はプレスニャ街だ。あの家へ、裏庭をつたって。家庭、そのけものの穴が、本能でぼくをひっぱる。ぼくのうしろに、見渡す限りつづくのは、ロシア全国の息子また息子、娘また娘。

すべての人の両親

「ヴォロージャ！　クリスマスに帰ってきたんだね！　まあよかった！　ほんとによかった！」

玄関、くらい。電燈、部屋。途端に、はすかいに見える、一族の顔、顔。

「ヴォロージャ！　たいへんよ！　それなあに！　どうしたの？　真赤よ、体じゅう。襟をみせてごらん！」

「いいんだよ、ママ、今すぐ洗います。ぼくはこの頃のんきに暮してるんだ。水ばっかりでね。そんなことはどうでもいい。ねえ家《うち》の人たち！　ぼくの好きなみんな！　みんなぼくを愛してる？　愛してる？　ほんと？　じゃあ聴いて！　叔母さん！　姉さん！　マ

ЕЩЕ
СТАКАНЪ
ЧАЮ.

マ！　クリスマス・ツリーの灯を消して！　家《うち》を閉めて！　ぼくが案内するから……出掛けよう……すぐ行こう……今すぐさ……支度して出掛けよう。心配しなくていいんだ。じきそこさ。六〇〇里とちょっと。あっと言う間に着いちゃうよ。あいつが待ってる。あの橋へまっすぐ行こう」

「ヴォロージャ、あんた、落着きなさい！」

だがぼくは家族一同の金切声に答える。

「じゃあ、なにかい、愛を捨ててお茶をえらぶのかい？　愛を捨てて靴下の穴つぎをえらぶのかい？」

ママと旅行する

あなたじゃない、アリサンドラ・アリセーエヴナ、ママ、あなたがわるいんじゃない。世界が、全世界が、家庭だらけなんです。ごらんなさい。こわい毛のように生えそろった船のマスト。ドイツへ喰いこんだオーデル河の楔《くさび》です。さあ降りて、ママ、もうシュテッティンに着きました。今度は、ママ、ベルリンへ行きましょう。次は飛行機です、モーターをごぼごぼ鳴らして、パリ、アメリカ、ブルックリン橋、サハラ砂漠。ここでは小人《こびと》の黒人が小さな家のなかで、縮れっ毛の奥さんといっしょにお茶をすすっていますよ。

あなたは羽蒲団でもって意志や石をしわくちゃにするんですね。コンミュンまでちっちゃく丸まってしまった。数世紀の年月《としつき》は、そのちっぽけな家で暮してきたが、今また住宅委員会で新規まきなおしです！　十月革命はとどろき渡りました、罰する革命、裁く革命。火の羽毛を生やしたその翼の下で、あなたは食器をならべつづけました。クモの巣みたいな髪の毛は、杙で梳かしても梳かしきれない。消えろ、家よ、なつかしい場所よ！　さようなら、永久に！

ぼくは残りの階段を投げ捨てた。あの男の役に立つ家庭なんて、どこにもないんだ！　ひよっこの愛！　けちくさいメンドリの愛！

無味乾燥な幻影たち

ぼくは走り、ぼくは見る。クドリン広場の望楼のようにそびえ立つぼくにむかって、もう一人のぼくが、クリスマス・プレゼントを小脇にかかえ、歩いてゆくのを。十字架のように嵐に折れたマスト。船はあとからあとからバラストを捨てる。空《から》になった船、その身軽さなんて糞くらえ！　遠くの断崖が、建物に姿を変えて、ぼくを嗤う。人もいない、関門もない。燃える雪野原。がらんとして。ただ小さな鎧戸の向う、クリスマス・ツリーの針があかりに映える。障害物競走みたいに、ぼくの行手に立ちあがった壁。ならぶ窓。窓ガラスに標的のような人影がぐるぐる廻って、ぼくを内部《なか》へ誘いこむ。

ネヴァ河から目を離さぬあの男。身ぶるいして待っている。助けを。ぼくは閾をまたぐ。ぶつかった男の足を踏む。玄関の間で、よっぱらいが一人、そのたわごとを風に冷やしてたんだ。そいつ、たちまち酔いがさめて、すっとんで内部《なか》へ戻る。およそ二分間、広間は大騒ぎ。

「熊だ、熊だ、熊だ、熊だあああ……」

フォークラ・ダヴィドヴナの御主人とその友人たちとぼくと

それから、疑問符みたいに体をまげて、半眼の主人が出てきた。

「これはこれは！　マヤコフスキーさん！　熊の仮装がよくお似合いですね」

お世辞で蜜みたいにとろとろになって、主人はつづける。

「さあどうぞ！　お入りください。さあ御遠慮なさらずに。私はここに立っております。まったく、ブロークの詩じゃないが、望外の喜びでございますな。御紹介しましょう、これが妻《さい》のフォークラ・ダヴィドヴナ。これが私どもの娘。私そっくりでございましょう。ちょうど十七才と六カ月になります。それから、こちらは……あ、お知り合いでございましたか」

あわててネズミの穴に逃げこんだパートナーたちが、ベッドの下から這い出してきた。ランプの塵よけみたいな鬚をして、机の下から飲み助たちが出てきた。戸棚のかげから這ってきたのは、役者だの、ファンだの。顔なしの行列はひきもきらず。おとなしく、次から次へと動いてゆく。腕にくっついたクモの巣。こうしてみんな昔のままで、何百年でもつづくのか。一鞭くれてやらなければ、世相の牝馬、こいつは動き出さないのだ。精霊や聖人の代りには、乗馬ズボンをはいた下宿人、これすなわち保護天使。

だがいちばんおそろしいのは、背の高さといい、肌の色といい、着ている服から、歩きぶりまで、まるで双生児《ふたご》みたいに、そいつらがほかならぬこのぼくに、ぼく自身にそっくりなこと。

敷ぶとんのなかから、ベッドのぼろ布をもちあげて、南京虫まで挨拶の四つ足を挙げた。サモワールさえピカピカ光り出し、把手をひろげて抱擁せんばかり。ハエに汚された壁紙の花環が、自分のあたまに花環をかぶせる。聖像《イコーナ》のちっちゃな天使、バラいろに艶の出たラッパをかまえて、ファンファールを吹き出した。イバラの冠を、帽子みたいにちょいと浮かして、あいそよくおじぎするキリスト。赤い額ぶちにはめこまれたマルクスさえ、俗物の仕事をはじめたぞ。

止り木の小鳥ども、いっせいに歌い出し、花瓶から鼻の孔に跳びこんでくるゼラニウムの匂い。写されたまま、しゃがんだままの恰好で、婆さん連もいそいそと、写真からぬけ出てきた。誰も彼もがおじぎして、にたりと歯をむいて、ふとい低音《バス》やら坊主みたいな高音《テノール》やらで、

「おめでとう！　おめでとう！　おめでとう！　おめでとう！　お、め、で、と、う！」

主人も負けじと、椅子にさわったり、テーブルクロースのパン屑を、吹きとばしたり。「知りませんでしたからね！……そうと知っていたら、きのうから……きっとお忙しいだろうと思いましてね……お宅で……おうちの方々と……」

無意味な願いごと

おうちの方々だって？　なるほど、なるほど。しかしうちの連中はすこし変ってますよ。箒に乗った魔女だってうちの人たちは見つ

けられない！　ぼくの身内は、エニセイ河やオビ河から、いま四つん這いになって、追っかけてきます。ぼくの家《うち》だって？　今そこから来たばかり。

枕氷の、

ネヴァ河の船、

ぼくの住居は

堤のあいだで

氷になって、

そしてそこで……

ぼくはなるべく効果的なことば、時にはおそろしいわめき声、時には美しい琴《リラ》みたいな響きをえらんで、利益も名誉ものかわ、祈り、おどかし、泣きつき、アジった。

「だって、これはみんなのためですよ……自分たちのため……あなた方のため……ほら、たとえば『ミステリヤ』だって……自分のためだったでしょう！　詩人にもいろいろあって……誰にでも大事なものは……しかし自分のためだけなんていうのは、個人主義のたわごと……ぼくは熊だから、喋り方は乱暴だけれども……詩ならば……皮までひんむかれるって？……韻で裏打ちすれば、外套《シューバ》の出来上り！……それから暖炉のそばで……コーヒーやら……タバコやら……事は簡単なんです。ほんの十分あまりで……ただ、おそくならないうちに、今すぐしないと……肩を叩いて……希望をもてと言ってやらなければ……それも今すぐ……ほんとに、まじめな話……」

みんなにやにやしながら聴いている、高名の道化、このぼくのことばを。まっしろなパンの肉が、机の上をころがった。おでこや、お皿にぶつかるぼくのことばは、まるでエンドウ豆のよう。一人の男、酒にすっかり涙もろくなって、

「ようし……分った……そんなこたあ造作ない、まかしときな。おれが行ってやらあ！……待ってるって？……橋の上で？……分った……クズネツキー橋のたもとだな。放せい！　放せってばよ！」

部屋の隅でひそひそ声。

「へべれけだよ！」

泣き上戸！

食って、飲んで、
飲んで、食って、
あとは六十六！
理論なんか糞くらえ！　新経済政策《ネップ》だって人の世さ。いっぱい注いでやんな。
がんばれ、未来派の諸君！　顎の硬さにおどろかないで、顎で進んで顎にぶつけろい。詩人の論争のことばが、グラスのあいだの噴きあげ井戸から、ほとばしり出た。挨拶もそこそこに、敷ぶとんに逃げこむ南京虫。物たちの上にはふたたびつもった世紀の埃。けれども、あの男は立っている、欄干に釘づけされて。あの男は待っている、信じている、もうすぐ！　と。ぼくはもういちど額《ひたい》で、ぼくはもういちど世相に、ことばの圧力をかける。さまざまな方向にふたたび攻撃をかける。だが不思議、ことばは手応えなく通りぬけてしまうのだ。

不思議なもの

ふとい男の声が、蚊のうなり声のように細くなった。皿も空気に打ちのめされて、しんとする。壁紙も、壁も、色あせて……銅版画の灰色の色調のなかへ沈んでいった。壁からモスクワいっぱいにひろがったベックリンの『死人の島』。

ずいぶん昔のことだった。ましてや今は。これよりたやすいことはない！　あの小舟のなか、経帷子を身にまとった渡し守。身動きもしない。海か野原か、そこのところのざわめきは、すっかり凪《なぎ》に拭いとられて。岸辺にそそり立つポプラの樹々は、死の息吹きを天に吹きあげる。

なんだあんなもの、ぼくは行くぞ！　するとたちまちポプラの樹々は、場所を離れて、足踏みをはじめる。ポプラはしずけさの目盛となり、夜ふけの夜まわり、民警となった。ばらばらに割れた白装束のカロンは、中央郵便局の円柱の列になった。

隠れ場がない

いつもこうなんだ、斧をもって夢のなかへ入ってきて、眠ってる人の額《ひたい》に印をつけ、するとすべてはかき消えて、斧の峰がみえるばかり。いつもこうなんだ、街の太鼓が夢のなかへ入ってきて、するといきなり記憶が戻ってくる、さびしさはここ、部屋はここ、あそこには彼女、罪あるあの女がいる、と。

ぼくは窓をてのひらで覆い、窓ガラスを一枚一枚、端から並べてゆく。人生なんて窓のトランプか。ガラスの二十一点、ぼくの負けだ。まぼろしのイカサマ師、黒人が、窓ガラスの裏に、あつかましくも快楽の印をつける。重ねられた窓ガラスの一組、あかるい焔をたからかに燃やして、手の夜に、あつかましくも光りかがやく。

昔みたいに、でっかくなって、詩の力で窓に跳びこむか。いや、壁のしめりけとにらめっこ。詩も、時代も昔とはちがうんだ。

凍てつく石。墓の悪寒。魔女の箒さえ、あんまり飛ばない。靴をぬぎ、痰の塊のように、ぼくは階段をのぼる。胸の痛みはちっとも鎮まらぬ。あとからあとから鎖を鍛える。ちょうどこんなふうに、ラスコーリニコフも殺人のあと、ベルを鳴らしに行ったっけ。誰かが階段をあがってくる……

ぼくはたちまち階段を離れて、壁に身をひそませる。カビになってでも、壁のなかへ入りたい。おや、何か楽器の絃の音がきこえるぞ。あの女も、いつかは、ここにこうして坐っていたかもしれない。でも、そのときは、大勢の客がいたんだ、沢山の人たちが。指は絶望のあまり、ひとりでに、悩みをあざわらって、無鉄砲をはじめようとする。

友人たち

あれ、カラスのお客か？　廊下の両側にならんだドアを百回も翼でパタパタ叩く音。ワシみたいなわめき声、酔いどれどものおめき声、ぼくの耳まで伝わってくる。

ほそい隙間、かすかな声。

アンヌシカ、赤いほっぺのアンヌシカ！　饅頭《ピローグ》……暖炉……外套《シューバ》を……脱がせる……手助け……ワンステップのテンポにことばがかき消され、ワンステップの合間を縫って、又もやことばがきこえてくる。

《きみら、なぜこんなにはしゃいでるんだね。まさか……》。音楽とまじってしまった……また隙間にことばが跳びこんでくる。すぐにはわけの分らないことば。(悪意はないらしいが) こんなことばだ。

《あの男、ここで足を折ったんだぜ。だからせいぜい楽しもうや。せっせと踊ろうじゃないか》

そう、やつらの声だ。知ってる大声だ。それと気がつくと、ぼくは何も言わずにひらべったくなって、やつらの声の型紙にあわせて、ことばを縫う。そう、やつらだ、やつらがぼくのことを喋ってるのだ。紙の擦れる音。楽譜をめくってるな。

《足ですって。ああ、おかしい！》

又もや乾杯のグラスが触れ合う音。ほっぺたから散るガラスの火

JASS-TWO-STEP
FOX-TROT
St-BARBARA-
A.G.
SANCT BARBARA
AKT-GES UHYST
LIQUEUR GELB
ORIGINAL-JAZZ
Die Jazz-Band

花。又もや酔いどれの声で、
《そりゃ痛快！　それじゃ半分に割れたんだね》
《いや残念ながら、ちがいました。割れたんじゃなくて割れた音がしただけですとさ》
又もやドアを叩く音、カラスの啼声。又もや床をひきずるダンスの音。又もや耳を聾する壁の反響、ツーステップの溜息。

きみだけは

壁際に立つぼく。気が気ではない。生命《いのち》はうわごとで粉々になってもかまわないが、ただ、ただあのいやらしい声が、彼女の声でなければいい！　ぼくは一日を、一年を愚行にささげ、あのうわごとに、ぼく自身息をきらした。あのうわごとは家庭の煙で生命《いのち》を喰いつくし、ぼくに呼びかけた、さあやれ、ビルの上から、歩道へ！　と。ひらいた窓の呼び声を避け、ぼくは愛しながらも逃げた。一方的でもいい、詩だけでも、夜ふけの足音だけでも、ぼくは書く。詩を愛する。心は小さくなり、散文では沈黙するぼく。ああ、言えない、うまく言えない。それにしても、きみ、ぼくの恋人、どこで、どこで（唄のなかで！）どこでぼくはぼくの愛を裏切った？　音のひとつひとつは、告白の音となり呼びかけの音となる。唄のことばは一つだって棄てられない。ぼくはトリルに、音階に駆けこむ。まっすぐ、目で狙いをつける！　二本の足を誇りとして、「そこ動くな！　そのまま！」と怒鳴り、こう言ってやろう。「ごらん、いとしいひと、ここでさえ、愚行のきみわるさを詩で打ち砕くこの場でさえ、いとしい名前をしっかり守って、ぼくはぼくの呪いにきみを入れはしなかった。おいで、詩に戻っておいで。ぼくはいろんなところを走り廻った末、ここにいる。今こそ、ぼくを救えるのはきみだけだ。さあ立って！　あの橋まで駆けて行こう」

ぼくは屠殺場の牛のように、あたまを打撃に差しのべた。行くぞ、あそこへ。さあ歩き出すぞ。

詩が歩いてくる

この最後の瞬間、この瞬間は、おどろくべき地鳴りの始まりとなった。北の方一帯が鳴っている。いや地鳴りだけじゃない。空気のふるえ具合から察すると、それはリュバニ上空に来たらしい。空気のつめたさと、ドアの鳴り具合から察すると、それは今やトヴェリ上空。あの騒ぎから察すると、(ぼくは窓をあけはなしておいた)クリンに殺到したな。今度は雷雨になってラズモフスコエに降りはじめた。もうニコラエフ停車場にきた。終始おなじ息づかい。ぼくの足もとの階段はゆらゆらと動き出し、ネヴァ河の泡がふくれてきた。着いた、恐怖。あたまのなかは恐怖だらけ。そいつはぼくの神経をピンと張って、その紘《いと》をかき鳴らしかき鳴らし、遂にはそいつのほうが爆発して、ぼくを釘づけにした。

「待て! おれは七年前からやってきた。六〇〇里を歩いてきた。おれは命令しに来たんだ、やめろ! と。いいつけに来たんだ、ほっとけ! と。ほっとけ! ことばも要らない。願いごとも要らない。お前ひとりがうまく立ち廻って、それでどうなる！　おれは待つ、愛をなくした地上が、みんないっしょになるのを。全世界が人間の繋みになるのを。おれは七年間立ちつづけた。それを待つためなら釘づけのまま二百年でも立ちつづけるぞ。橋の上の年月、軽蔑と嘲笑の年月を、地上の愛をつぐなう者、このおれは立ちつづけるぞ。みんなのためにわめく、みんなのために罰を受ける」

ロトンド

ツーステップの壁が三つに割れた。音は四つに、百に割れた……ぼくは老人になって、どこかモンマルトルあたり、(十万に一つのチャンスだ)テーブルの上に這いあがる。この店の客はとっくに退屈しているらしい。みんなあらかじめ、楽譜でも読むように知っているのだ。ぼくが(新しい余興！)どこへ行き、誰を救えと呼びかけるかを。店の主人が申しわけなさそうに、客に説明する。「ロシアの人ですよ！」

肉とボロ布の束、女たちは笑って、ぼくの足をつかみ、ひっぱり下ろそうとする。

「行かないわよ。あかんべえ！　あたしたち淫売さ」

ネヴァよ、セーヌの一部となれ！　未来のしぶきを浴びながら、現在の余計者、ぼくはセーヌの霧をかきわけてゆく。のっぽのぼく、人に嗤われ、打ちのめされたぼく、並木道の軍人どものヘルメットごしに叫ぶ。

「赤旗の下へこい！　行進！　世相を撃つんだ！　男の脳髄をつらぬいて！　女の心臓をつらぬいて！」

きょうはみんな、なんだか特に興奮してる。それにしても暑いな！

半死半生

すこし額《ひたい》を冷さなければ。ぼくは歩く、でたらめに歩く。下の方で口笛を吹くのは、トリルの軍曹たち。掃除夫が一つの体を、舗道から掃きすてる。

あかつき。セーヌのほとり、映画みたいな灰色の影になって、ぼくはむっくり起きあがる。これだ、横から見たフランスの地図。中学生のとき、学校の机に坐って見たのとおなじ。思い出の最後の流れで、ぼくは別れを告げ、のろのろと東へ向かう。

偶然の停車場

あんまり勢いよく飛びすぎて、坐礁しちまったい。ぼくのボロ服がズボンみたいにひっかかったんだ。探ってみる。つるつるする。球根みたい。とても大きい。金ピカ。球根の下で、鐘が鳴り出した。夕やみがギザギザの城壁をふちどった。イワン大帝の上だ。クレムリンの望楼は槍のよう。モスクワの町の窓々がかすかに見える。楽しげな窓たち。ツリーを飾ってクリスマス。クレムリンの峡《はざま》に波が打ち寄せた。唄や、鐘の音。クリスマスの波。七つの丘から、ダリヤールの流れのように落下し、テレク河のように祭を投げつけるモスクワの町。

髪が逆立つ。ぼくはカエルのように力《りき》む。こわい。一寸でも足を踏みはずしたら、あの昔なじみのクリスマスの恐怖が、ふたたびぼくをミャスニーツカヤ街じゅう引きまわすだろう。

通りすぎたものの繰返し

両手を十字架のように、山の頂きの十字架のように組んで、ぼくは平均をとる。ひどい揺れ方。夜が濃くなり、一寸先も見えない。月。ぼくの下には、氷のマシュューク。

どうも平均がうまくとれない。柳の土曜の市、その人形みたいに、手がボール紙なんだ。今に人に見つかるぞ。ここにいちゃ、まる見え。ほら、探偵《ピンカートン》みたいにうごめくカフカス。

見つかった。みんなに信号で知らされた。恋人たちや友人たちの、人の帯が、信号を受けて、世界中から出てきた。仕返しに急いでやってくる決闘の人たち。毛を逆立て、歯をむき出し、あとから、あ

とから……てのひらに唾を吐きかけている。その濡れたてのひらで、両手で、風で、容赦なく、数えきれぬ頬打ちを、荒れた頬にくわせる。通りはまるで手袋屋の店びらき。糖蜜の香水をプンプンさせた女たちが、手袋をぬぎ、ぼくの顔めがけて投げつける。手袋屋ごと投げつける。

新聞よ、雑誌よ、ぼんやりしてちゃ駄目だぜ！　顔めがけて飛んでくる物たちに加勢するなら、こっぴどいわるくちを、じゃんじゃん書き立てるんだ。噂を耳に吹きこんでやんな！　中傷で襲いかかるべし！

つまるところ、ぼくは恋のやまいに傷ついた片輪さ。洗濯の洗い桶は使わないでくれたまえ、きみらの邪魔にはならないよ。そんなに侮辱しなくてもいいじゃないか！　ぼくはただの詩さ、ただの心さ。

だが下からは声。「ちがう！　貴様はおれたちの百年来の敵だ。貴様に似たやつ、一人はもうやっつけた、驃騎兵だった！　ピストルの鉛の弾《たま》よ、火薬の匂をかげ。シャツのボタンをはずせ！　びくびくするな！」

最後の死

土砂降りより激しく、雷より音高く、眉間から眉間へ、ぴったりと、あらゆる小銃から、あらゆる砲台から、あらゆるモーゼル、ブローニングから、まっすぐに、弾《たま》また弾が飛んでくる。息継ぎの一瞬、止まったかと思うと、またもや鉛の弾の無駄遣いだ。あの男を殺せ！　心臓に鉛をブチ込め！　ピクリとも動かなくなるまで！　何事もいずれは終るんだ。痙攣だって終るんだ。

残ったもの

虐殺は終った。快楽は煮えたぎる。細部を改めて味わいながら、みんなごろごろ寝そべってる。クレムリンの空高く、詩人のかけらが赤旗となって風になびくのみ。

空は相も変らず、抒情的に光る。目を見張る空の星たち。大熊星座が吟遊詩人《トルバドウール》きどりで歌いだしたのだ。一体なんのことだ。詩人の女王に立候補か。

大熊座よ、走ってくれ、アララート山の世紀かけて、洪水の空をよぎり、柄杓《ひしやく》の方舟《はこぶね》のように！　舟べりから流れ星の勢いで、熊の兄弟分、ぼくは詩をどなる、世界のざわめきめがけて。

はやく！　はやく！　はやく！　ひろびろとした空間へ！　もっと緊張！　陽にかがやく山々。波止場からほほえみかける日々。

3　請願書、宛名は……

同志化学者、どうか空欄を埋めてください！

方舟が着く。ここへ、光のなか！
波止場。おおい！　ロープを投げてくれ！
すると肩に感じる、窓の閾の石の重み。
太陽は洪水の一夜を熱気で干した。窓に寄り、炎熱の昼を迎える
ぼく。地球儀の上のキリマンジャロ、アフリカの地図の上のケニア。
禿あたまの地球儀。ぼくは悲しみに背をまげて、地球儀の上にかが
みこむ。
　世界は、この悲しみの山のなか、ほんとうの山なす胸を抱きたい
のだ。両極から、あらゆる人の住居を通り、熱い熔岩、石だらけの

熔岩が流れればいい。それほどぼくは号泣したかった。熊コミュニストたるぼくは。

ぼくのおやじは由緒正しい貴族の出身、ぼくの両手の皮膚はやわらかい。旋盤の顔も見ずに、詩と唄で毎日をすごすぼく。

けれども、ぼくの呼吸、胸の鼓動、ぼくの声、恐怖に逆立った髪の一本一本、鼻の穴、目玉、けものみたいに軋ませる歯、肌の皺、怒った眉毛、それらすべてを挙げて、年百年中、文字通りいつでも、秋も、冬も、春も、夏も、ひるまでも、夢のなかでも、ぼくは受けつけない、ぼくはにくむ、それを、そのすべてを。

死んだ奴隷が、ぼくらのなかに叩きこんだもの、すべてを。ぼくらの赤旗の機構のなかにさえ、ちょっぴりずつ積り、世相となって固まったもの、すべてを。

おあいにくさま、ぼく自身、弾《たま》に沈黙するものか。ぼくのうしろで、お悔みのことば、ぼくの才能を惜しむのは、まだ早いぞ。

街角で、ナイフでぐっさりやってくれ。ダンテスの輩《やから》、ぼくをまともに狙える筈がない。四たび老けては四たび若返り、遂には墓ま

でたどりつく。

どこで死のうと、ぼくは唄歌いながら死んでゆこう。どんな貧民窟で倒れようと、ぼくには確かに、赤旗の下で倒れた人たちといっしょに横たわる価値があるんだ。

だが何のために倒れようとも、死ぬことは死ぬこと。怖いのは愛さないこと、おそろしいのは敢てせぬこと。みんなのために弾があり、みんなのためにナイフがある。ぼくはいつだ。ぼくは何を使う。幼年時代の、奥の奥、十日ほどなら、楽しい日がある。ほかのひとには？　それはぼくだけのものか！　そんなものはない。見てごらん、ありゃあしないんだ！

来世を信じるって！　試《ため》しの散歩はわけもない。片手をのばせば、それで沢山。弾が、あっというまに、あの世へのかしましい道を描いてくれる。けれども残念、このぼくは、全力、全精神をあげて、この人生、この世界を、信じてきた、信じている。

信念

待つことは、いくら待ってもかまわない。ぼくにははっきり見える、幻覚《ハルシネーション》がおこるほどはっきりと。今この韻を一つ合せれば、行《ぎよう》づたいに、すばらしい生活に駆けこめる、そんな気がするほど。かまうものかい、この世だろうと、あの世だろうと。ぼくには見える、はっきりと、隅々まで。

石に石を重ねるように、空気に空気を積み上げ、腐れものやゴミには手もとどかぬ仕事場、ぎらぎら光りかがやき、何世紀もそそり立つ人間復活の仕事場。

あの男、おでこの広い、おとなしい化学者、実験の前に、ひたいに皺をよせた。《全地上》の帳簿から、名前を探す。二十世紀。誰を復活しよう？

「マヤコフスキーか……もうすこしえらい奴を探してみよう。この詩人には美が不足」。ぼくは叫ぶぞ。ここ、今日のページから。

「ページをめくるな！　復活しろ！」

希望

ぼくの心臓に注ぎこめ！　でっかい血液を、血管の隅々まで。頭蓋に思想を叩きこめ！　ぼくは自分の、地上の分《ぶん》を生きそこねた、地上の愛を愛しそこねた。

かつてのぼくの身長は一サージェン。ぼくに一サージェンが何になろう。こんな仕事は油虫でもできる。ちっちゃなペンで、ぼくはがりがり書いた。ちっちゃな部屋に坐りこみ、眼鏡みたいに部屋のケースに畳みこまれた。

おのぞみなら、無料《ただ》で働こう。掃除、洗濯、番人、雑用、ブラシかけ。なんなら、きみらの門衛をやろうか。きみらに門衛はいるのかい？

かつてのぼくは陽気だった。陽気者に何の意味があろう。ぼくらの悲しみが通りぬけできないならば。今どきは、歯をむき出せば、噛みつくため、歯ぎしりするため。

事件といえば、つらいこと、悲しいことばかり……ぼくを呼び出してくれ！　バカな冗談も何かの役に立つ。誇張や比喩の字探しで、ぼくはみんなを楽しませよう。詩でもって道化をつとめよう。

ぼくは恋をした……昔のことは、ほじくりかえしても意味がない。痛いって？　それもよかろう……痛みも大事にして生きること。ぼくは今でもけものが好きだ。きみらに動物園はあるのかい？　ぼくにけものの番をやらせろ。

ぼくはけものが大好きだ。小犬を見ると、（ほら、パン屋のそばに一匹、毛のぬけたやつ）からだのなかから、肝臓を出してやりたくなる。いいんだよ、ワン公、たべな！

愛

たぶん、おそらく、いつかは、動物園の並木路を、あのひとも（あのひとはけものが好きだった）、動物園に入ってくる、ほほえみながら、抽出のなかの、写真そっくりに。あのひとは美人だから、きっと復活するだろう。
　きみらの三十世紀は追い払うだろう、胸かきむしる愚劣なことども一群を。今はただ、数知れぬ夜の、星々のむらがりで、愛されそこねた分の埋め合せをしよう。
蘇らせろ、ぼくが詩人で、きみを待ち、
日常のたわごとを投げ捨てた、そのこと、そのことのために！
蘇らせろ、ぼくを、そのことだけのためにも！
甦らせろ、ぼくはぼくの分を生きたい！
結婚と肉欲とパンに仕える、召使の愛など、なくなればいいのだ。
ベッドを呪い、万年床から起き上がって、
愛は全世界を歩きまわればいい。
悲しみに老いさらばえた一日が、
祈りつつ物乞いなど、してはいけない。
大地ぜんたいが「ともだち」という掛け声一つで、
その姿を変えればいい。
生きるとは、家庭という名の落し穴に、生贄として落ちることとは

違う。
これからの身内というなら、
少なくとも世界が父親で、
少なくとも母親が大地だ。

［一九二三］

＊レディング監獄のバラード――オスカー・ワイルドの詩。
＊ルビャンスキー通り――当時、マヤコフスキーはモスクワのルビャンスキー通りに住んでいた。
＊ヴォドピヤンヌイ小路――ここにはリーリャ・ブリークが住んでいた。
＊ミャスニーツカヤ街――ルビャンスキー通りとヴォドピヤンヌイ小路の中間にある。ここには中央郵便局がある。
＊6710番――リーリャ・ブリークの電話番号。
＊ダンテス――プーシキンを決闘で殺した男。
＊去年の夏、巡業でパリに――実際一九二二年十月九日から十二月十三日まで、マヤコフスキーはベルリン経由パリへ旅行した。
＊バリシンさん――当時マヤコフスキーの隣りの部屋に住んでいた人。

＊ペトロフ公園、ホドゥインの原、トヴェルスカヤ街、サドヴァヤ街——モスクワ市内および郊外。
＊プレスニヤ街——おなじモスクワ。当時ここにマヤコフスキーの母と姉が住んでいた。
＊ヴォロージャ——マヤコフスキーの名前、ヴラジーミルの愛称。
＊六〇〇里——モスクワ、レニングラード間の距離（露里）。
＊クドリン広場——プレスニヤ街から都心へむかう途中にある。現在は、蜂起広場。
＊乗馬ズボンをはいた下宿人——国内戦当時、居住面積を縮小されないようソヴェト政府の役人を自宅へ下宿させることが流行した。
＊『ミステリヤ』——マヤコフスキーの戯曲、『ミステリヤ・ブッフ』。
＊六十六——トランプ遊びの一種。
＊『死人の島』——スイスの画家アルノルド・ベックリン（一八二七—一九〇一）の名作。この絵に寄せて、同名の交響詩をラフマニノフが作曲している。
＊カロン——ギリシャ神話で冥府の川の渡し守。ベックリンの『死人

の島』にも描かれている。
＊昔みたいに……詩の力で窓に跳びこむか――『人間』にそっくりおなじ場面が出てくる。
＊アンヌシカ――リーリャ・ブリークの家の女中。
＊リュバニ、トヴェリ、クリン、ラズモフスコエ、ニコラエフ停車場――順番にレニングラードからモスクワへの停車場。ニコラエフ停車場は現在モスクワのレニングラード駅。
＊ロトンド――パリの有名な喫茶店。
＊イワン大帝――この像はクレムリンの鐘楼にある。
＊ダリヤール、テレック――この部分はカフカス（コーカサス）地方に連想が飛び、詩人レルモントフの決闘と死を暗示している。
＊マシューク――おなじくカフカス地方の高山。
＊貴様に似たやつ……驃騎兵だった――レルモントフをさす。
＊サージェン――一サージェンは二メートル十三センチ。

著者略歴

Владимир Владимирович Маяковский
ヴラジーミル・マヤコフスキー

ロシア未来派の詩人。1893年、グルジアのバグダジ村に生まれる。1906年、父親が急死し、母親・姉2人とモスクワへ引っ越す。非合法のロシア社会民主労働党（RSDRP）に入党し逮捕3回、のべ11か月間の獄中で詩作を始める。10年釈放、モスクワの美術学校に入学。12年、上級生ダヴィド・ブルリュックらと未来派アンソロジー『社会の趣味を殴る』のマニフェストに参加。13年、戯曲『悲劇ヴラジーミル・マヤコフスキー』を自身の演出・主演で上演。14年、第一次世界大戦が勃発し、義勇兵に志願するも結局、ペトログラード陸軍自動車学校に徴用。戦中に長詩『ズボンをはいた雲』『背骨のフルート』『戦争と世界』『人間』を完成させる。17年の十月革命を熱狂的に支持し、内戦の戦況を伝えるプラカードを多数制作する。24年、レーニン死去をうけ、長篇哀歌『ヴラジーミル・イリイチ・レーニン』を捧ぐ。25年、世界一周の旅に出るも、パリのホテルで旅費を失い、北米を旅し帰国。スターリン政権に失望を深め、『南京虫』『風呂』で全体主義体制を風刺する。30年4月14日、モスクワ市内の仕事部屋で謎の死を遂げる。翌日プラウダ紙が「これでいわゆる《一巻の終り》／愛のボートは粉々だ、くらしと正面衝突して」との「遺書」を掲載した。

訳者略歴

小笠原 豊樹〈おがさわら・とよき〉ロシア文学研究家、翻訳家。1932年、北海道虻田郡東倶知安村ワッカタサップ番外地（現・京極町）に生まれる。51年、東京外国語大学ロシア語学科在学中にマヤコフスキーの作品と出会い、翌52年『マヤコフスキー詩集』を上梓。56年に岩田宏の筆名で第一詩集『独裁』を発表。66年『岩田宏詩集』で歴程賞受賞。71年に『マヤコフスキーの愛』出版。75年、短篇集『最前線』を発表。露・英・仏の3か国語を操り、『ジャック・プレヴェール詩集』、ナボコフ『四重奏・目』、エレンブルグ『トラストDE』、チェーホフ『かわいい女・犬を連れた奥さん』、ザミャーチン『われら』、カウリー『八十路から眺めれば』、スコリャーチン『きみの出番だ、同志モーゼル』など翻訳多数。2013年出版の『マヤコフスキー事件』で読売文学賞受賞。14年12月、マヤコフスキーの長詩・戯曲の新訳を進めるなか永眠。享年82。

マヤコフスキー叢書
これについて
これについて

ヴラジーミル・マヤコフスキー 著

小笠原豊樹 訳

アレクサンドル・ロトチェンコ 写真

2016年9月17日　初版第1刷印刷
2016年9月30日　初版第1刷発行

発行者 豊田剛
発行所 合同会社土曜社
150-0033
東京都渋谷区猿楽町11-20-301
www.doyosha.com

用紙　竹　尾
印刷　精興社
製本　加藤製本

About This
by
Vladimir Mayakovsky

This edition published in Japan
by DOYOSHA in 2016

11-20-301 Sarugaku Shibuya
Tokyo 150-0033 JAPAN

ISBN978-4-907511-30-2　C0098
落丁・乱丁本は交換いたします